LE ROI QUI N'AIM... S LE... E

de Christophe Loupy
illustré par Laurent Audouin

Il était une fois un village où tout le monde vivait heureux. Sur la grand-place, les enfants couraient, jouaient, riaient.

Les commerçants décoraient leurs vitrines et leurs enseignes de couleurs chatoyantes.

Les gens se croisaient dans la rue en échangeant quelques paroles amicales.

C'était le temps béni où le village respirait le bonheur.

C'était avant…

Avant l'arrivée du roi.

Avant qu'il ne décide de faire bâtir son château sur la colline.

Ce roi s'appelait Archibald et il avait un gros défaut : il détestait la lettre *e*. Il ne pouvait pas supporter que quelqu'un l'utilise. Ni en parlant, ni en écrivant !…

Par exemple, quand les gens se croisaient dans la rue, ils ne pouvaient pas dire :

« Belle journée, n'est-ce pas ? » ou « Comment allez-vous ? »

Non ! Ils devaient dire : « Bonjour ! Ça va ? »

De même, les commerçants avaient dû changer leurs enseignes. Sur celle du boulanger-pâtissier, par exemple, on lisait à présent : MARCHAND D'PAIN. Comme si un boulanger-pâtissier n'était qu'un simple marchand de pain !…

Ailleurs, on avait effacé CHARCUTIER pour écrire MARCHAND D'PORC.

Un peu plus loin, FRUITS ET LÉGUMES avait cédé la place à MARCHAND D'FRUITS. Parfois, on ne parvenait même plus à différencier les boutiques : le mot LUTHIER était remplacé par ARTISAN ; TAILLEUR, encore par ARTISAN. Et CHARPENTIER ? Encore et toujours par ARTISAN !

Le seul qui avait transformé son enseigne sans dommage était le cafetier. À la place de CAFÉ, il avait écrit BISTROT. Mais sur sa carte, il ne pouvait proposer que des boissons sans *e*…

BISTROT

LAIT FROID
JUS D'ANANAS
SIROP D'ABRICOT
CHOCOLAT CHAUD
CITRON FRAIS
VIN (BLANC)

Il fallait faire très attention à ce que l'on disait ou écrivait car le terrible Archibald savait tout.

Il avait constitué une brigade anti-*e* avec ses meilleurs soldats. Ceux-ci étaient capables de se cacher dans des endroits impossibles pour espionner les gens. De plus, ils avaient de grandes oreilles et étaient équipés de gros cornets acoustiques. Ainsi, ils entendaient tout. Et quiconque utilisait un *e* était aussitôt arrêté et jeté en prison.

e matin-là, le roi Archibald descendait de son château en direction du village. Il était confortablement installé sur un grand lit tenu par huit porteurs et encadré par quatre gardes.

– Par là ! ordonna-t-il en montrant un chemin sur sa droite.

Aussitôt, les gardes et les porteurs le conduisirent dans cette direction.

– Non ! Par là ! corrigea Archibald en indiquant cette fois sa gauche.

De nouveau, ses hommes bifurquèrent.

– Non, non ! Plutôt par là ! contredit encore le roi.

Les gardes et les porteurs s'arrêtèrent, ne sachant plus où aller.

– Alors quoi ?! J'ai dit : « Par là ! » Alors par là ! hurla Archibald, rouge de colère.

Ses hommes échangèrent un regard malheureux, puis obéirent. Ils auraient bien aimé quitter ce roi tyrannique et descendre dans la vallée pour y refaire leur vie, mais ils ne pouvaient pas. Personne n'osait quitter le village. Car dans la vallée vivait le Grand Cauchemar, un monstre terrible que tout le monde redoutait. Archibald arriva enfin dans le bourg. Son singulier cortège longeait la rivière tandis que les gardes clamaient :

– Avis à la population ! Voici Archibald V !
Tous les passants s'écartèrent prudemment
devant lui. Certains, repoussés vers le bord
de la rive, faisaient des efforts pour ne pas
basculer dans l'eau.
Soudain, des cris retentirent :
– Au secours ! Au secours ! Sauvez-moi !
C'était Fripon, le chat noir du sabotier.
Bousculé par l'un des gardes, il était tombé
dans la rivière.

En entendant tous ces mots, et surtout tous ces *e*, les villageois tournèrent des yeux craintifs vers Archibald.

Celui-ci se redressa sur son lit et brandit le poing en direction de Fripon :

– Tais-toi, maudit chat ! Tais-toi !

Le félin se débattait dans les flots et continuait à hurler :

– Aidez-moi, je vous en supplie ! Je vais me noyer !

Mais les gens le regardèrent s'éloigner sans oser l'aider. Personne ne pouvait aider quelqu'un qui parle avec des e sans s'exposer à de terribles représailles…

Le courant emporta le chat, et ses derniers mots s'évanouirent dans des gargouillements. Le roi Archibald ricana.

Les villageois chuchotaient entre eux, inquiets pour Fripon.

S'il avait la chance d'échapper à la noyade, le courant l'emporterait immanquablement vers le territoire du Grand Cauchemar…

Fripon commençait à couler. De ses petites pattes, il battait l'eau désespérément, pour tenter de rester à la surface. Mais ses forces l'abandonnaient peu à peu.

Une vague plus forte que les autres le submergea. Pris dans un tourbillon, le chat sentit quelque chose de dur cogner son crâne, et il perdit connaissance.

Lorsqu'il recouvra ses esprits, il était allongé sur un tronc d'arbre.

Il se redressa péniblement et regarda autour de lui. Son radeau de fortune s'était échoué sur la plage d'un petit lac.

Des silhouettes apparurent. Des hommes, des femmes et des enfants s'approchèrent.

– Tu viens du royaume d'Archibald ? demanda un enfant.

– Oui. Vous le connaissez ?

– Parbleu ! Si nous le connaissons ! Nous y vivions naguère. Mais nous avons préféré fuir ce tyran d'Archibald. Ici, la terre est pauvre et la vie

difficile mais sur le territoire du Grand Cauchemar, au moins, nous sommes libres.

Fripon sursauta :

– Le Grand Cauch… Cauchemar ?

– Oui, mais il ne faut pas en avoir peur. Il n'attaque que les méchants. Depuis que nous vivons ici, nous ne l'avons jamais vu. Il vit là-bas, dans la forêt Noire.

Le chat réfléchit :

– Il n'attaque que les méchants ? Vous en êtes sûrs ?

– Oui. Quand quelqu'un est méchant, il

pénètre son esprit pendant qu'il dort et son rêve devient un horrible cauchemar !

– Mais alors, pourquoi ne lui avez-vous jamais demandé de s'occuper d'Archibald ?

Les gens se regardèrent, apeurés.

– C'est-à-dire que… commença l'un d'eux, nous ne voulons pas le déranger…

– Et puis, ajouta un autre, on ne peut le voir

qu'à la tombée de la nuit, et… dans la forêt
Noire…

– Mais vous m'avez dit qu'il n'attaquait que
les méchants ! s'exclama Fripon. Le noir, la
nuit, ça fait peur à tout le monde, mais ça
n'a jamais fait de mal à personne. Allons,
préparons-nous et allons rendre visite à ce
Grand Cauchemar !

CHAPITRE 4

À présent, la nuit était tombée. Les hommes, les femmes et les enfants traversaient la forêt Noire. Leur lanterne brandie au-dessus de la tête, telles de petites étoiles perdues dans les bois, ils avançaient prudemment en direction de l'antre du Grand Cauchemar.

Parfois, le hululement d'une chouette en faisait sursauter certains. Mais, l'instant de surprise passé, le groupe continuait à avancer bravement.

Ils arrivèrent bientôt devant l'entrée d'une grotte. Inquiets, silencieux, ils s'arrêtèrent, les yeux rivés sur l'ouverture.

Sans rien dire, Fripon avança. Un homme le suivit, puis un second. Les autres se regardèrent, serrèrent le poing sur leur lanterne, puis les imitèrent.

La caverne était immense. Si grande qu'il était impossible d'en distinguer les parois. Ils s'enfoncèrent lentement dans la tanière du Grand Cauchemar et atteignirent bientôt une salle moins large.

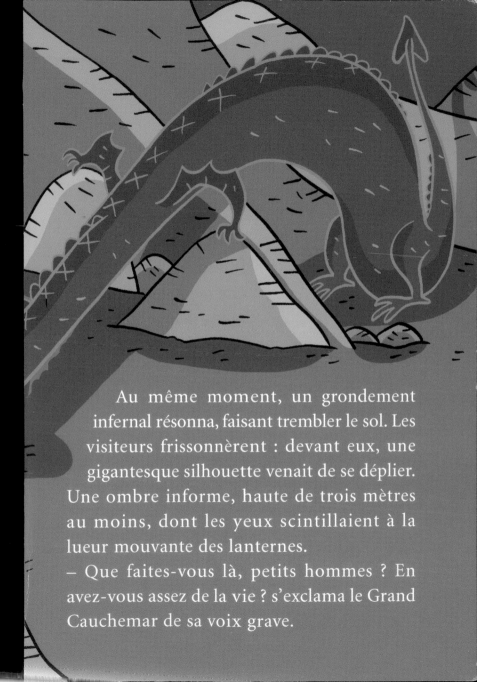

Au même moment, un grondement infernal résonna, faisant trembler le sol. Les visiteurs frissonnèrent : devant eux, une gigantesque silhouette venait de se déplier. Une ombre informe, haute de trois mètres au moins, dont les yeux scintillaient à la lueur mouvante des lanternes.

– Que faites-vous là, petits hommes ? En avez-vous assez de la vie ? s'exclama le Grand Cauchemar de sa voix grave.

Quand la nuit vint…
Archibald dormait
27
Dans son lit à baldaquin,
Sous un grand drap fait
D'un doux coton d'Avignon.
Il avait chaud. Trop chaud.
Il transpirait, mouillant son polochon,
Mais aussi son joli drap.
Soudain, on cogna à l'huis.
Dans un sursaut, Archibald s'assit dans son lit.
Qui tapait donc ainsi ?
Si fort !
Un frisson parcourut son dos…
– Qui va là ? dit-il.

Mais aucun son, aucun bruit
N'arriva jusqu'à lui.
L'huis craqua soudain
Dans un fracas assourdissant.
Puis un cri puissant affola Archibald.
Surpris, il crispa sa main sur son drap,
Voyant surgir un animal marron
Qu'il n'avait jamais vu avant
Mais qu'il connaissait car il balbutia son nom :
– Un dra… Un dradra… Un dragon !
L'animal rugit.
Sur son maillot, il y avait son nom d'inscrit :
Tiramitsou.
– AAAaaaahh !!! hurla-t-il.
Archibald frissonna. Il supplia :
– Mam… Maman ! voulant fuir, partir loin.
Mais l'animal fut plus prompt.
D'un bond, il fonça sur Archibald,
Puis cracha du lait.
Il arrosa tout,
Du sol au plafond.
La situation avait pris un tour fou !…
Tiramitsou ricanait, l'air mauvais.

Archibald, lui, s'agrippait
Aux montants du baldaquin
Pour sortir du lait qui montait, montait,
Noyant tout dans un tourbillon blanc.
Quand soudain, Tiramitsou toussa.

Il toussa fort, l'animal !
Avait-il mal ?
Non : il voulait s'adoucir la voix,
Voilà tout. Car il chantait parfois
Quand il punissait un vilain.
Aujourd'hui, il avait un chat dans la voix.
Un chat noir, qu'il cracha.
L'animal, surpris, miaula fort.
Archibald, lui aussi, cria,
Mais à la mort.

– Fripon ! Pardon ! supplia-t-il.
Puis, il lui jura qu'il avait compris,
Qu'il vivrait dans l'amour du prochain
S'il l'aidait à sortir vivant d'ici.
Alors, saisissant un tuyau qui traînait par là,
Fripon aspira d'un trait
Plus d'un quart du lait.
– J'ai soif ! avoua-t-il.
Puis, il aspira tout,
Sauvant ainsi Archibald
D'un sort fatal.
Tiramitsou, lui,
Prit un air contrit.
Un instant plus tard,
S'avouant vaincu,
Il disparut.
Alors, un astral rayon filtra,
S'invitant, matinal,
Arrachant Archibald à la fiction,
Pour lui offrir un bonjour amical.

CHAPITRE 6

Archibald se réveilla brusquement. D'un bond, il se redressa dans son lit. Trempé de sueur, le souffle court, il regarda autour de lui, terrifié.

Un cauchemar ! Ce n'était qu'un cauchemar !

Mais ce cauchemar avait l'air si réel !

Et si étrange : c'était un cauchemar sans *e* !

Jamais de sa vie, il n'avait fait le moindre cauchemar et il fallait justement que celui-ci soit sans *e* !

Lui qui avait toujours pensé que la vie était plus belle sans *e*, voilà qui venait lui prouver le contraire !…

Il repensa au dragon et frissonna.

Heureusement que Fripon l'avait sauvé !
Alors, Archibald se sentit honteux : « Pourquoi
suis-je si méchant ? Je suis horrible avec ce
chat, et voilà qu'il me sauve la vie ! »
Puis il prit peur : « Ce chat noir, c'est
peut-être un signe. Cela pourrait signifier
que je ferai des cauchemars toute ma vie si
je continue à être méchant… »

Inquiet sur son sort, Archibald se leva et donna des ordres. Tout d'abord, il demanda qu'on libère tous ceux qu'il avait fait jeter dans ses prisons pour avoir utilisé des *e*.

Ensuite, il envoya ses plus beaux carrosses dans la vallée pour aller chercher les gens qui vivaient près du lac. Enfin, il descendit à pied jusqu'au village et offrit des cadeaux à tout le monde.

Des cadeaux pleins de *e* : des bouquets d'œillets pour les femmes, des cerceaux dorés pour les enfants et des épées de vermeil pour les hommes.

Quelle journée merveilleuse !

Les enfants jouèrent sur la grand-place. Les façades des boutiques retrouvèrent leurs couleurs et leurs belles enseignes d'autrefois. Puis tout le monde entreprit de décorer le village, comme avant.

À la tombée de la nuit, dans les rires et les chants, on organisa une grande fête. On alluma un feu de camp et Archibald vint, avec ses meilleurs cuisiniers, préparer un festin.

Fripon et ses amis regardaient la scène en souriant. Caché dans un coin sombre, le Grand Cauchemar observait, lui aussi, les festivités et cela semblait beaucoup l'amuser.

Les gardes du roi installèrent une poêle
géante sur le feu.
Un homme, intrigué, s'approcha d'Archibald
et demanda :
– Qu'allez-vous nous préparer, mon bon roi ?
– Une omelette géante, mon ami, répondit
Archibald débonnaire.

– Une omelette ?! répéta l'homme, stupéfait
d'entendre le roi prononcer trois *e* dans le
même mot. Av… avec trois *e* ?!
– Non, reprit Archibald en éclatant de rire.
Une omelette avec cent œufs !!!…

© 2002 éditions MILAN – 300, rue Léon-Joulin, 31101 Toulouse Cedex 1 – France
Droits de traduction et de reproduction réservés pour tous les pays.
Toute reproduction, même partielle, de cet ouvrage est interdite.
Une copie ou reproduction par quelque procédé que ce soit, photographie,
microfilm, bande magnétique, disque ou autre,
constitue une contrefaçon passible des peines prévues par la loi du 11 mars 1957
sur la protection des droits d'auteur.
Loi 49.956 du 16.07.1949
Dépôt légal : 2ᵉ trimestre 2002
ISBN : 2-7459-0618-6
Imprimé en France par Fournié